CW00381186

Philippe Delerm

MA GRAND-MÈRE
AVAIT LES MÊMES

Les dessous affriolants
des petites phrases

INÉDIT

Éditions Points

TEXTE INTÉGRAL

ISBN 978-2-7578-0837-5

© Éditions Points, 2008

Ma grand-mère avait les mêmes

Ce ne sont pas des passionnés de la brocante. Celle-ci leur a juste servi de but de promenade, un dimanche après-midi. Ils déambulent, mains dans le dos, satisfaits de l'ampleur inattendue de la manifestation, qui les dispensera de chercher un autre passe-temps, satisfaits de la douceur de l'air, de l'absence de pluie. Ils n'achèteront rien, ou peut-être un bouquin à un euro, un CD d'un chanteur qu'ils aiment bien.

Ils hésitent à s'enquérir du prix d'une paire de fauteuils, de couverts en argent, d'assiettes illustrées de dessins humoristiques en noir et blanc. Mais ils se rapprochent de ceux qui osent marchander, tendent l'oreille, se retournent, et sur leurs lèvres se dessine un sourire complexe à déchiffrer. Ils s'éloignent de quelques pas, s'annoncent le prix revendiqué, et l'un d'eux lance alors :

– Ma grand-mère avait les mêmes !

Cela tombe comme une critique de ce marché de dupes où les choses sont vendues infiniment trop cher. Après tout, s'ils trouvent des gogos pour se laisser faire !

Mais leur offuscation est à plusieurs étages. En évoquant leur grand-mère, ils soulignent que ces assiettes ne sont pas si anciennes. Elles ont fait partie de leur vie, comment pourraient-elles être présentées comme de véritables antiquités ? En même temps, on sent chez eux une touche de regret. Moi qui m'en suis débarrassé quand on a vendu la maison, tout le service, il y en aurait pour une petite fortune, alors ? Ils détestent l'ancien et plus encore le vieux. Mais ils pensent avoir sur l'art de vivre une position de bon sens. Ce sont les mêmes qui mettent une certaine coquetterie à expliquer à un enfant, devant un appareil tombé en désuétude :

– On soulevait le petit couvercle, on mettait les grains de poivre, on tournait avec la poignée en mettant le moulin entre les genoux, et il tombait moulu dans le tiroir en bas.

Ils sont fiers de cette mémoire qui les relie à une vie passée simple, authentique. Ils montrent que c'était ingénieux, bien que rudimentaire, ils en sont presque émus. Mais ce contentement affiché quelques secondes ne les empêche pas de tout

jeter, de faire le vide, le propre, et de ne rien gar-
der. Leur regard sur le passé est un mélange de
vénération et de mépris. Ce n'est pas très malin,
ma grand-mère avait les mêmes.

Il a refait sa vie

Est-ce parce qu'il s'agit de quelqu'un qu'on ne voit plus ? Peut-être. Mais il semble qu'une mélancolie intrinsèque s'attache à cette phrase. Il a refait sa vie. À la suite d'une séparation, mais plus souvent d'un décès. Comme si au-delà de la formule stéréotypée on faisait entendre un léger reproche, qui s'adresse moins à la personne concernée qu'à l'expression elle-même. On peut refaire sa vie. Une antinomie curieuse oppose l'adjectif possessif « sa » et le verbe refaire. On a une vie, une seule, mais dont on serait le possesseur. Dans quelle mesure ? Est-il possible de tourner le dos à une première partie de son existence, de faire table rase du passé, et de poursuivre cependant la même vie ?

Cela pourrait se dire aussi à propos d'une enfance malheureuse, d'un pays que l'on a dû quitter, de toutes les ruptures douloureuses, de tous les pans de mémoire qu'on tente d'effacer, au moins d'atténuer.

Mais curieusement « il a refait sa vie » s'emploie uniquement pour évoquer une substitution de partenaire. C'est une affaire de couple. Rencontrer un autre, partager la vie d'un autre condamne à l'infidélité, quelles que soient les circonstances. Pas une infidélité à la Feydeau, à la Sagan, tragicomique parce que vécue dans la simultanéité et que le présent est toujours fait d'un mélange de comédie et de tragédie. Pas un coup de canif dans le contrat.

Une infidélité plus pardonnable aux yeux de la morale bourgeoise, mais plus irrémédiable aussi, qui grise d'un nuage sourd les contours, les traces, les amitiés, parfois dans la même maison, le même appartement, et c'est sans doute pire encore. On peut tromper une femme, un homme. Mais qu'en est-il d'être infidèle à sa propre vie ?

Y a un peu plus, je laisse ?

Parfois c'est seulement « y a un peu plus. » Mais même alors, le « je laisse ? » est sous-entendu, y compris la montée interrogative. Le commerçant est devant sa balance, le regard rivé à l'écran, les mains légèrement écartées en l'air, comme un prêtre à l'offertoire, candide et concentré. Il s'est donné du mal pour satisfaire vos désirs avec exactitude ; au milieu de quelques phrases enjouées, son sérieux est devenu légèrement ostentatoire. Pas si simple de jouer devant lui le rôle du pointilleux, non j'avais dit une livre, je n'en veux pas davantage. Bien sûr, on pourrait surjouer l'amabilité du ton pour compenser la rigueur des propos, vous seriez gentil de m'en enlever un peu s'il vous plaît. Mais on le sait. On est coincé. De toute manière, on en serait réduit à jouer le rôle du casse-pieds, et ce serait tellement peu dans la note, l'effervescence bon enfant du marché, la bonhomie de ce rapport humain que vous êtes venu chercher ici. Car vous avez un cabas à la main, ou un panier, pas un caddie. Vous n'arpentez pas des couloirs symétriques ; vous déambulez, le nez en l'air, sourire aux lèvres. Vous ne remplissez pas vous-même des sacs de plastique difficiles à ouvrir. Il vous faut un officiant ; la qualité du rapport que vous entretenez avec lui est l'essence de ce commerce authentique et déclinant dont vous vantez les mérites – moi, j'adore faire mon p'tit marché.

Alors il faut laisser, bien sûr, et même davantage. Manifester par votre attitude que vous ne soupçonnez pas le marchand de mauvaise foi, même si vous gardez pour vous quelques idées dont l'aigreur n'est pas de mise, c'est curieux, il n'y a jamais moins, depuis le temps qu'il pèse ses haricots, il doit commencer à maîtriser son truc, à cinq euros le kilo, il ne s'embête pas.

Mais le regard s'est détaché de la balance. Pour prolonger sa déférente interrogation, il plonge dans vos yeux. Vous faites semblant d'y lire la fraîcheur du maraîcher, non la rouerie du commerçant. Des clients attendent à vos côtés, vous savez bien ce que le public espère. C'est l'heure de la jouer grand seigneur, avec cette infime réticence qui vous sauve à vos propres yeux, je ne suis pas dupe mais je connais mon rôle. Une moue appréhensive des lèvres, une oscillation approbative du chef, un battement de paupières. « Ça ira. »

N'oubliez pas
d'éteindre vos portables

Le directeur du théâtre a son petit rôle à jouer. Pas le plus facile. Il intervient alors que la salle est encore allumée, que nombre de spectateurs sont en train de prendre place. Il ne bénéficie d'aucune sonorisation, d'aucune attente du public. En habitué du spectacle, il sait qu'il ne doit pas forcer sa voix, plutôt jouer le naturel et la décontraction, une main dans la poche, pour convertir la rumeur babillarde de l'assistance en silence poli. Il vient dire un mot sur ce qui va suivre, mais surtout faire aux abonnés et aux visiteurs de passage la publicité pour les autres spectacles de la saison, du quatuor de Varsovie au one man show du jeune clown primé l'année précédente à la cérémonie des Molière – en insistant bien sûr sur ceux dont la location n'est pas un franc succès. Tout cela ne doit pas sentir la réclame, mais constituer le reflet d'une politique culturelle riche et variée.

En même temps, on sait bien. La technologie moderne imposera une petite phrase que l'on trouvait supportable il y a quelques années, mais dont la répétition a fait le comble du cliché. Le directeur intello débonnaire qui a côtoyé bien des vedettes – il parle de François Morel en disant François – perdrait beaucoup de son prestige à jouer les professeurs étroits sur la fin de sa prestation. C'est terrible comme on peut craindre de paraître idiot ou réactionnaire en exigeant d'un public supposé évolué ce que ce dernier sait bien qu'on va lui imposer.

Mais le directeur a plus d'un tour dans son sac, et sait déjà comment conjurer la terreur du stéréotype. Il marque un temps d'arrêt à la fin de sa prestation. De la contrainte au ras des pâquerettes, il va faire un atout, presqu'un effet :

– N'oubliez pas de rallumer vos téléphones portables avant de quitter la salle !

Moi j'ai bien aimé

Depuis quelques instants, le consensus négatif s'est enflé. Ce film – ou ce disque, ou cette expo, ou ce bouquin –, qui bénéficie d'une couverture médiatique énorme, de critiques unanimement enthousiastes, vient tout à coup de faire les frais de l'apéro. Le premier à s'engager dans la brèche a reçu un assentiment inespéré. Entre un deuxième verre de Graves et l'ingestion d'un bout de chou-fleur cru, des voix se sont couvertes : « Pas grand-chose ! Insupportable ! Aussi creux que préten-tieux ! Bien d'accord ! Complètement surfait ! »
La véhémence réchauffée par le bordeaux rouge s'est épanouie en colère satisfaite : « Bien content d'entendre ça ! » Puis le maelström se dégonfle imperceptiblement, on se concentre davantage sur son verre, ça te va très bien, cette coiffure, et le stage de Mathilde ?

C'est alors que la voix nettement timbrée choisit une fraction de silence pour asséner : « Eh bien moi, j'ai bien aimé ! » Il faut un temps de latence pour apprécier l'ampleur de cet écart. Pas si facile de dire sans trembler ces mots qui quittent d'emblée la sphère de l'intellect pour plonger au plus vif de l'affectif. Car ce n'est pas l'éternel bougon, la dissidente systématique qui vient de dire cela. Dans ce cas, on s'en tirerait avec un « Oh toi, de toute façon, tu n'es jamais d'accord ! ». Non, c'est plutôt celui, celle dont on attendrait *a priori* la discrétion adhésive, voire le mutisme partageur. Une petite interrogation plane sur l'assistance. D'autres phrases non prononcées peuvent se lire dans les regards. Tu dis ça pour te créer une personnalité, tu as des problèmes en ce moment, ou bien tu le penses vraiment ? La réponse prend en compte la transparence de ces non-dits, avec une résolution vibrante, le regard droit devant, rivé à la coupelle de morceaux de carottes et de chou-fleur. « Non non, j'ai vraiment bien aimé ! »

Les autres dodelinent de la tête, font des moues évasives. Un « tu ne peux pas dire ça ! » ferait monter inutilement la tension, on le sent bien. Alors on est un peu jaloux de cette subtile position. L'œcuménisme est devenu courage, en un instant le politiquement correct s'est mué en singularité, et tous les résistants de l'assemblée ne sont que des atrabilaires. On va bientôt passer à table !

C'est le soir, que c'est difficile

«Dans la journée, ça va.» C'est beau, cette humilité de la personne qui se retrouve seule, ou qui vient de connaître une perte cruelle. Elle admet que le jour apporte ses dérivatifs, les courses, un peu de jardinage, les infos du matin à la radio, quelques instants de bavardage. Si elle travaille encore, le divertissement pascalien s'impose de lui-même – d'autant qu'en ce moment, ça ne plaisante pas.

Elle n'en remet pas, et nous touche d'autant. Comment répondre à des sanglots, à l'expression dramatique d'une souffrance dont l'intensité nous exclurait? Mais là, c'est comme si elle nous laissait pénétrer dans sa tristesse, en en minimisant les contours, en réduisant sa différence. Oui, il lui arrive encore souvent de rire ou de sourire, tiens, l'autre jour j'ai regardé l'imitateur, vous savez, le nouveau.

Et puis il y a ces points de suspension laissés dans l'intégrité de l'analyse. Et la seconde phrase, consentie dans la même douceur de ton : « C'est le soir, que c'est difficile. » Comme elle fait mal, cette évaluation discrète du malheur ! La personne vous parlait, et tout à coup c'est comme si elle se parlait à elle-même – d'ailleurs son regard s'est détourné, pour chercher des raisons de poursuivre un horizon.

On sent qu'elle donne raison au soir, que le jour n'est qu'un conglomérat de subterfuges auxquels tous les humains se laissent prendre, parce que c'est comme ça, parce qu'il faut bien. Combien de temps subsistera cette alternance ? Elle fait bonne figure, elle n'encombre pas. On peut poursuivre un bout de chemin avec elle, en parlant de tout et de rien ; elle est si naturelle qu'on a même fini par l'interroger sur son chagrin. Elle a attendu un peu, pour le formuler au plus juste. L'espace d'un instant, on le partage. Elle ne referme pas la porte. Mais on ne saura pas la suivre dans le soir. C'est difficile.

Je voulais voir ce que c'était

Cela peut concerner aussi bien *La Vie sexuelle de Catherine M.* que le *Da Vinci Code* ou la saga d'Harry Potter, à la télévision *Loft story* ou *L'Île de la tentation*, voire, dans les cas extrêmes, une émission de Sébastien Cauet.

Les motivations sont différentes, cela va de soi. Mais la formule – je voulais voir ce que c'était – reste la même. Elle peut être considérée dans certains cas comme une excuse – un instant de faiblesse, ou de grande fatigue, de tentation de voyeurisme justifiée par un besoin de délassement total.

Ce n'est pas si simple. Ceux qui ont vu « pour voir ce que c'était » sont tout aussi moralistes que ceux qui affirment ne pouvoir s'intéresser à « ça ». D'abord ils ont vu, ils ont lu au second degré, forts d'une structure mentale qui ne saurait être contaminée. Dans leur honnêteté proclamée se cachent bien des reproches. Eux au moins, ils ne disent pas qu'ils sont tombés sur l'émission par hasard. Ils ne critiquent pas un livre qu'ils n'ont pas lu. Ils n'écartent pas d'un geste condescendant ce qui fascine le bon peuple.

Mais leur supériorité s'affirme avec éclat dans l'aptitude qu'ils ont à livrer une analyse tout en finesse sur un produit en gros sabots. Parfois, ils vont jusqu'à proposer un « en tout cas c'est remarquablement fait » qui en dit long sur leur indépendance intellectuelle – peut-être aussi sur leur désir d'épater la galerie avec un soupçon de snobisme.

Ne leur jetons pas la pierre toutefois. Confinerait-on au cynisme, ou bien à la lucidité, en essayant d'imaginer combien ont lu *L'Élégance du hérisson* ou *La Première Gorgée de bière*… pour voir ce que c'était ?

D'abord,
merci de prendre ma question

C'est une de ces émissions radiophoniques où les auditeurs, savamment filtrés, sont censés exprimer la liberté de la voix du peuple. Dans le « D'abord, merci de prendre ma question », le « d'abord » est délicieux. Précaution oratoire ? En fait, la suite des événements prouvera que l'on aurait pu le troquer facilement contre un « L'essentiel est que… ». Car si la partie n'est pas égale – d'une part, un rendez-vous faussement ouvert où le public sert de caution au politiquement correct, de l'autre, un intervenant désireux avant tout d'occuper l'antenne –, la perversion est installée des deux côtés.

« Je me tourne à présent vers le standard, car nous avons un appel de Stéphane de Lyon. » Stéphane de Lyon ou Françoise de Strasbourg sont pour l'animateur du débat des entités justifiant la couverture géographique de la station – voire son désir d'échapper au parisianisme. Mais Stéphane et Françoise sont pour eux-mêmes Stéphane et Françoise. Ils disent « d'abord ». Ils disent « merci », dans une flagornerie qui devient presque rampante. Ils disent « de prendre ma question » : en fait, la question n'est pas prise. Elle a seulement le mérite d'être celle que l'émission avait prévu de privilégier. Le pire est que Stéphane ou Françoise ajoutent trop souvent « Merci pour la qualité de vos émissions », ce que l'animateur feint d'éluder avec un avenant « Posez votre question, Stéphane » – échanger trop de mercis redondants pourrait discréditer l'authenticité du rapport.

Mais Stéphane a-t-il vraiment une question à poser ? Dès qu'il a l'ivresse de s'adresser à la France entière, il s'embarque dans un long témoignage, qui échappe sensiblement au projet initial. Plus sa voix s'affermit et plus on sent qu'en studio, à Paris, on s'impatiente. L'animateur passe de la reconnaissance maîtrisée à l'agacement manifeste :

– Nous avons de nombreux appels, puis-je vous demander de poser votre question ?

Stéphane en a presque fini d'exister. Il redevient Stéphane de Lyon, un électron nettement plus manipulable. Irrité, soulagé, l'animateur s'en tire avec un au revoir mi-figue mi-raisin : « Merci, en tout cas. »

D'abord. En tout cas. Qui maintiendra que les adverbes ne savent rien dire ?

J'ai moins huit su'l'plateau

En achetant sa baguette, chacun y va de son petit commentaire sur le Général Hiver. Ça glisse dans la côte de La Ferrière ; la mare aux saules est gelée… On s'accorde sur le moins quatre moins cinq, plutôt rare à la mi-novembre. Mais tout à coup, le débat prend un caractère nettement compétitif. La phrase a claqué net : « Moi j'ai moins huit, su'l'plateau. »

Alors là chapeau. Respect. Un petit silence plane sur l'assistance. On n'entend plus que la voix de la boulangère, et quarante qui font cinq euros, merci. Bien sûr, moins huit ça paraît beaucoup, mais c'est su'l'plateau. Trois mots étroitement imbriqués que l'élision normande décline en un concept unique devant lequel il n'y a plus qu'à s'incliner. Il suffit de monter la côte du Neubourg, et c'est un autre monde. Là-haut, la vie est plus âpre, plus rude. Plus vraie peut-être. En tout cas moins calfeutrée que notre univers petit-bourgeois de la vallée. Comment avions-nous pu prétendre à de vraies sensations dans notre refuge alangui ?

Su'l'plateau, ce sont les hauts de hurlevent. Si les habitants de cette terre sauvage viennent chercher leur campaillou au creux du bourg, ce n'est pas essentiellement par nécessité alimentaire, mais pour témoigner de cette intensité des forces naturelles auxquelles ils ont assez de tempérament pour résister.

Il serait bien mesquin de leur rappeler que là-haut, aux marges habitées du plateau, ils évoluent dans un décor pavillonnaire doté de toutes les commodités coupables de la vie moderne. Ce serait pure jalousie de notre part, car nous savons bien que l'hiver leur donne tout à coup cette dimension glaciaire qui nous rend dérisoires. Trois degrés de moins : nous voici sédentaires, et les voilà pionniers. Qui sait s'ils ne vont pas fouetter les chiens et s'engoncer dans des pelisses en fourrure de loup pour remonter là-haut ? Là-haut où le blizzard va souffler sur la steppe, entre les champs de betteraves et le centre Leclerc. Il n'y a rien à faire. Si nous avions moins dix, ils se délecteraient d'annoncer leur moins treize. Ils sont plus forts, su'l'plateau.

On ne vous fait pas fuir, au moins ?

On arrive chez de vieux amis vers quinze heures, comme c'était convenu. On a programmé une balade ensemble. Ils sont bien là, attablés dans l'ombre du noyer, mais une inconnue prend le café avec eux. On pense avoir acquis avec les années une certaine aisance dans les relations de ce genre, mais on n'y peut rien. Cela change tout, la familiarité des premiers gestes et des premières paroles. On a imperceptiblement le sentiment de jouer une pièce, facile, certes, mais qui n'a rien à voir avec le velours côtelé des rapports habituels. On se présente, on est présentés à la bonne franquette, on sait vaguement qui est cette Julie, on sait qu'elle doit savoir à peu près qui l'on est.

On sent toutefois que l'on enterre la conversation amorcée, que celle que l'on installe n'est pas non plus la nôtre, une sorte de demi-mesure conçue pour effacer une demi-gêne. Il y a tout à coup une volubilité excessive comme pour dissiper la crainte d'un possible silence. Vite – pas trop vite quand même – Julie va se lever, parler de départ. On s'est déjà embarqués dans les au revoir entrecoupés par un, au fait, Suzanne, tu peux me prêter ton bouquin, quand on sent qu'il faut lancer :

– On ne vous fait pas fuir, au moins ?

Ces mots déclenchent une salve de dénégations, il faut que j'aille chez le dentiste à seize heures, j'ai été ravie de vous rencontrer, il faudra que…

N'empêche. Sous son apparence policée, le on ne vous fait pas fuir au moins est plutôt satisfait de sa légère muflerie. Bien sûr qu'on l'a fait fuir, qu'on vient de dissiper en quelques instants une intimité dont on était bêtement jaloux, sans raison objective. On se rassoit autrement, on reprend ses marques, rassuré de conforter une atmosphère qu'on croyait conquise, mais dont on vient de mesurer la fragilité. Il n'y a peut-être que dans les films d'Éric Rohmer qu'on retrouve l'infime dramatisation de ces moments d'oisiveté tamisés par l'équilibre social, le hasard des permanences et des rencontres. On ne possède pas les autres. On ne détient jamais le secret des autres avec soi. Il n'y a pas de savoir-vivre.

Je préfère Trouville à Deauville

On « fait » souvent les deux villes le même jour, au bout d'une escapade parisienne dans son principe et dans sa réalisation. Plus tard on entendra : « Je préfère Trouville à Deauville. » L'intérêt de cette appréciation ne réside pas dans sa qualité analytique – vérité en deçà de la Touques, erreur au-delà.

Non, c'est plutôt une forme de coquetterie qui est en jeu. Préférer Trouville à Deauville, c'est se prêter une qualité d'âme. Je suis sensible à ce qui est moins connu, moins spectaculaire, moins luxueux. Et même, tout simplement : je suis sensible. Dans la bouche de ceux, de celles qui préfèrent Trouville à Deauville, la seconde subit tout un lot de dures connotations. Les planches se voient reprocher leur célébrité, leur américanisme, leur ampleur mythique. Le champ de courses, l'idée du polo ne seront pas évoqués, mais leur opulence virtuelle feront de l'ombre. Qui sait si la plage elle-même ne sera pas secrètement accusée de ne pas ouvrir sur les raffineries et les torchères du Havre, comme celles de sa voisine ?

À Trouville, quelques ruelles en pente derrière le front de mer, la jovialité revendiquée du marché au poisson, moins de place, un resserrement des terrasses justifieront la prétention à la simplicité. Mais quoi ? De part et d'autre un casino, des tarifs élevés, le bronzage pour les vieilles peaux.

On n'évoque pas deux villes en affirmant je préfère Trouville à Deauville. On parle de soi. De ce petit raffinement d'autosatisfaction qui donne la préférence aux choses plus simples. L'opposition Trouville-Deauville, c'est l'opportunité pas si fréquente de se déterminer par l'alternative. Vous ne pouvez pas sérieusement opposer Aix-en-Provence à Marseille, Toulouse à Bordeaux, le XVIe au XVIIIe. On vous reprocherait tout de suite le caractère factice du parallèle. Avec Trouville et Deauville, on a juste sous la main, à portée d'autoroute, l'occasion d'affirmer sa finesse, son goût pour le jardin japonais. J'aime le vrai et le subtil. Je suis bien trop modeste pour l'affirmer *ex abrupto*. Je préfère Trouville à Deauville.

C'est pas vrai !

Entendons-nous bien. Il ne s'agit pas ici de la réponse plate, butée du suspect soumis à l'inquisition :

– Vous étiez en possession d'une clé de l'appartement. C'est vous qui avez commis le vol vendredi soir.

– C'est pas vrai.

Non, il s'agit du c'est pas vrai exclamatif. Mais cette précision ne suffit pas à situer le registre d'utilisation. Tout dépend en fait de l'accentuation.

Quand tout le poids de la phrase porte sur le « vrai », ce n'est pas drôle. Le spectre envisagé peut être large toutefois, de la contrariété exaspérée au drame entériné. La forme négative s'adresse à l'injustice du destin, mais en dépit des apparences, elle ne remet pas en cause la véracité de la nouvelle avouée. C'est même une façon de l'oblitérer, d'autant plus cruelle qu'elle souligne une philosophie désarmée : ce qui va contre le cours rationnel et rassurant des choses est malheureusement l'essence même de la vie.

Autrement gourmande et superficielle est l'exclamation qui insiste sur le « pas ». Elle succède à une nouvelle spectaculaire dont les deux interlocuteurs possèdent bien les tenants et les aboutissants. Marine a quitté Julien. Et tu sais avec qui elle est ? François.

Suivant la personnalité de l'annonceur, le rapport avec les susdits, le synopsis a été modulé avec des nuances de tristesse ou un demi-sourire irrépressible. Mais si le « c'est pas vrai » du récepteur souligne le « pas » au détriment du « vrai », c'est que ce dernier a délibérément quitté les plaines de la commisération pour aborder les collines de la réjouissance. On ne peut plus parler de Carte du Tendre. C'est un « pas » plein d'appétit, qui réclame des précisions, des anecdotes. Enfin du croustillant, ne me laisse pas sur ma faim.

On se nourrissait tant bien que mal avec du people trop partagé, les soubresauts sentimentaux des chanteurs, des acteurs, des politiques. Mais voici que s'annonce un plat de résistance à déguster entre initiés. Une équation s'inscrit en lettres blanches éclatantes sur le tableau noir de la banalité. C'est *pas* vrai ! = Je veux en savoir davantage.

Ça va refroidir

L'hôtesse cuisinière ou l'hôte cuisinier se hâtent encore de la cuisine à la salle à manger, j'ai oublié le bol de sauce, ou la moutarde, il faut couper du pain. Sur la table, la tourte fume, mais les convives plongés dans une discussion, ou vaguement réticents à l'idée de remplir leur assiette en l'absence du célébrant, se voient soudain hélés par ce dernier : « Allez-y, servez-vous, ça va refroidir ! » Le ton n'est pas comminatoire, mais ferme. Peut-on y déceler une pointe d'agacement ? C'est une phrase pour commensaux familiers. On ne se risquerait pas à bousculer ainsi des relations tout à fait commençantes – sinon pour leur attribuer d'emblée les privilèges de la familiarité.

Dans la cuisine, le remue-ménage se fait un peu plus bruyant, indice d'une nervosité montante. Une deuxième occurrence de « ça va refroidir ! » devient insistante. Allez, que quelqu'un prenne les rênes, je ne peux pas être partout, si vous persistez dans l'expectative vous allez gâcher tout votre plaisir et tout mon travail. On entend cela, qui ne se dit pas.

Alors une personne se décide à servir, quelques secondes avant que l'hôte ou l'hôtesse ne revienne s'asseoir. Prenez aussi des crudités. Apparemment débonnaire, la mise en scène n'en est pas moins réglée avec une infinie précision, les ordres et les obéissances se déclenchant toujours aux confins du supportable et de la convivialité.

Ça va refroidir. Au fond, c'est une réflexion sur le principe même de la cuisine. Des heures de préparation pour quelques minutes de dégustation. Au restaurant, cette alchimie s'efface, puisqu'elle est achetée. Mais dans l'intime partagé, la gratuité, c'est plus sybillin. Trop insister équivaudrait à laisser l'étiquette du prix sur le cadeau. Mais le premier « ça va refroidir », qui voudrait juste être entendu comme un « ne vous occupez pas de moi, j'arrive » recèle aussi une demande de respect pour le cérémonial cuisinier. C'est du temps que je vous ai donné, le seul cadeau qui vaille. Ne m'obligez pas à vous le rappeler.

Au-delà de la volupté réelle ou affichée, tous les « c'est excellent », « délicieux » qui monteront ensuite traduiront une infime nuance de remords que seule dissipera vraiment la parade absolue : « Tu me donneras la recette ? »

Voilà, tu la connais l'histoire…

C'est une courte phrase dans un roman, une pièce de théâtre, une chanson. Pas nécessairement la meilleure ni la plus représentative. Mais la phrase qui, dans la structure de l'œuvre, occupe une place idéale, que l'on ressent aussitôt comme telle. Un peu comme si tout le reste demeurait de l'ordre de la tension, de la construction, narrative ou poétique. Et tout d'un coup le schéma est tellement en place qu'il se salue lui-même avec une espèce d'élégant détachement. C'est un rythme sur une idée.

Dans *Nantes*, la chanson de Barbara, c'est une évidence. La pluie, l'arrivée à la gare, assis près d'une cheminée j'ai vu quatre hommes se lever, l'atmosphère n'ira pas plus loin, tout le film est en place. Mais la lenteur de la mélancolie accueille soudain ces mots presque transparents : « Voilà, tu la connais l'histoire… » et la chair de poule vient sur ces mots-là, pourquoi ?

Le tutoiement peut-être, étonnant dans le hiératisme théâtral d'une dame qui jusque dans l'épanchement affectif avec son public gardera ses distances – ma plus belle histoire d'amour c'est vous. L'ambiguïté aussi de « connaître l'histoire ». Connaître, grâce à tout ce que Barbara vient de livrer sans doute. Mais on ne peut s'empêcher de penser que cela signifie aussi : tu l'as déjà vécue avec moi, c'est notre histoire ; en me mettant à nu j'ai éveillé une étrange fraternité, nous sommes ensemble puisque tu suis les méandres de mes arpèges et de mes secrets.

La distance va se réinstaller : « Il était revenu un soir… Je veux que tranquille il repose. » Il, je… Mais il y a eu ce tu porté au-delà du récit par l'harmonie de la tristesse.

Dans *L'Éducation sentimentale*, c'est le début d'un des derniers chapitres : « Il voyagea. » Dans Musset : « Je ne vous aime pas, Marianne. » Et dans Corneille : « Va, je ne te hais point », qu'on a trop ressassé comme un exemple de litote, alors que c'est le génie du moment, de l'élan, d'un silence imposé par d'autres mots avant, qui acceptent d'être des laborieux, des étais pour la grâce. Elle est presque donnée, la phrase parfaite, mais les auteurs n'en savent rien. Ils doivent travailler sans savoir qu'ils s'approchent. C'est la note bleue des mots.

Faut arrêter !

C'est une phrase assez étrange, qui entretient des rapports antinomiques entre sa musicalité, le sens strict de ce qu'elle affirme, et la position réelle de ceux qui la prononcent. Le ton monte, avec un début d'accablement qui lâche la bonde et s'enfle vers la colère révolutionnaire. La forme syntaxique implique une idée d'absolue nécessité, de fermeture implacable, on n'a que trop tardé !

Pourtant elle s'applique toujours curieusement à des domaines où le citoyen lambda connaît d'avance sa totale inefficacité. « Ils ont encore supprimé un employé à la poste du Mesnil, maintenant ils sont deux pour faire le travail de trois, faut arrêter ! » « À Noël, ils ont dit que ça marchait très bien, et puis maintenant ils délocalisent une usine en Chine, faut arrêter ! »

Notons au passage que l'emploi du pronom personnel « ils » est souvent associé au réquisitoire. Un pronom qui porte assez mal son nom en l'occurrence, car si l'on sait bien qu'il s'agit de dirigeants en général, le « ils » désigne moins Monsieur Tartempion ou Monsieur Duchmol qu'une forme plus redoutable et confuse de comportement social et politique.

Paradoxalement, le « faut arrêter ! » n'exprime pas une volonté de révolte, mais une clairvoyance passive qui trouve dans la colère la caution de sa lucidité. On entendrait bien *a priori* ces mots dans la bouche d'un mineur de *Germinal*. Mais non, précisément. Il n'avait pas besoin de dire, parce qu'il faisait, avec les autres. Aujourd'hui, la nécessité d'arrêter est exprimée par presque tout le monde, mais à titre singulier, et la rébellion affirmée n'est qu'un dédouanement spasmodique, un renvoi trivial dans une digestion sommeilleuse. Les décroissants ont du pain sur la planche. Car tous les passagers de seconde et de première classe ont gentiment composté leur billet, le convoi est en route, un TGV qui va de plus en plus vite, emportant tous ces voyageurs qui voudraient arrêter.

Y a pas d'souci

Y a pas d'souci! Tout baigne. Ça roule. Que de formules optimistes!

Comme s'il y avait nécessité à positiver, à aplanir, à faire de la vallée de larmes une plaine tranquille. Parmi toutes ces expressions, « Y a pas d'souci » tient une place à part. Il ne s'agit pas avec elle de dresser un constat général sur l'existence, mais de répondre ponctuellement à une demande souvent modeste, touchant à l'organisation de la vie matérielle, à une petite aide que l'on s'apprête à donner, un désir à satisfaire.

Le mot « souci » est un peu étrange dans ce contexte. Qu'une réponse positive à la question « Tu peux aller me chercher Léa à la sortie de l'école ? » soit l'occasion de dissiper un souci, on peut le concevoir. Mais que le cordonnier vous apprenne que vous pourrez reprendre vos chaus-

47

sures mardi soir sous la forme «Vous les aurez, y a pas d'souci», c'est plus intéressant.

On pourrait dire évidemment que le mot est choisi avec ce décalage apparemment maladroit qui fait souvent le succès du langage courant, précisément parce qu'on éprouve un charme à utiliser un mot légèrement à côté. Mais dans le cas de «souci», il y a davantage. Affirmer qu'il n'y en a pas, c'est supposer qu'il pourrait y en avoir, que la vie consisterait à être rongé par une infime succession d'embûches minuscules mais éprouvantes et continues.

Elle est bien au diapason d'une intensité nerveuse minante de la société, cette phrase si cool, si zen. Le bonze himalayen qui vous promet votre ressemelage pour le lendemain n'est pas tout à fait comme les autres, n'est pas tout à fait comme la vie, puisqu'avec lui il n'y aura pas de souci.

Il faut le voir sur scène

On imagine un peu à qui est destiné ce jugement que j'entends pleuvoir autour de moi depuis
quelques années. Je l'ai prononcé pour ma part
de temps à autre, avec une conviction légèrement
différente, car si j'éprouve un grand bonheur
à voir le personnage concerné à la Cigale ou à
l'Olympia, je l'apprécie autant sur d'autres scènes
plus intimes de la vie.

Mais à force de récurrences « il faut le voir
sur scène » a fini par s'extraire de son contexte
originel pour prendre une valeur absolue. Il y a
là une forme de vérité imparable, qui me semble
s'adresser à chacun. Bien sûr, c'est plus patent
pour ceux qui ont des spectateurs dans l'exercice
de leur métier. Je pense à telle collègue professeur
de lettres, peu chanceuse dans sa vie familiale,
embarrassée par un asthme chronique, mais dont

j'entendais la voix derrière la cloison quand j'enseignais moi-même. Tout d'un coup, la passion l'animait, qu'elle fût vouée à l'œuvre de Boris Vian ou à l'exaltation de la subordonnée relative, et je sentais que ça passait, que le public était conquis. Il fallait la voir sur scène.

Je dirais la même chose de mon boucher, qui a pris sa retraite, et que je croise quelquefois, étonnamment taciturne, lui qui savait distiller des petites phrases d'une sagesse liée au découpage de la bavette ou de l'entrecôte. Plus que la commande de ses clients, il maîtrisait alors le monde, entre le glaive et la balance.

D'autres scènes sont plus confidentielles encore, un jardin pour greffer des pruniers, une berge pour la pêche à la ligne, un lit pour faire l'amour. Parfois il n'y a pas de spectateurs du tout, parce que le talent de celle-ci, de celui-là réside dans la rêverie mélancolique, la lecture de Jules Renard sous lampe basse en fin d'après-midi, l'écriture d'un roman qui ne trouvera pas d'éditeur, la confection d'un clafoutis quand tout le monde dort encore. Qu'importe le public. Chacun a son théâtre, où il est en accord avec la mise en scène. Et chacun se dédouble alors, conscient d'être au plus près. Certains sont exposés, d'autres seront surpris d'être attendus, un jour. Beaucoup resteront solitaires. Pourtant, il faut les voir sur scène.

Ça devrait toujours rester
comme ça

Difficile de ne pas craquer devant les délicatesses et les patauderies des chiots et des chatons. Pourtant, c'est toujours au petit de l'homme qu'est réservé ce vœu extatique et condamné : « Ça devrait toujours rester comme ça ! » Une formule des plus ambiguës, qui mêle au superlatif de l'adoration du présent une nuance de regret s'adressant à la fois au futur et au passé.

Car les personnes qui disent ces mots ont toujours dépassé l'âge d'être de jeunes parents. Dans la perfection du bébé, elles ne découvrent pas un état, mais le reconnaissent. Quelle perfection ? L'absolue confiance et son origine, l'absolue dépendance, la fraîcheur du teint, la gratuité du rire et du sourire, l'absence de parole traduite en continu par les adultes – en cela, le commentaire des agissements du chiot et du chaton ne sont pas loin – la taille enfin, suffisamment conséquente et suffisamment réduite pour justifier toutes les projections.

« Ça devrait toujours rester comme ça » demeure un bel hommage, qui ne va toutefois pas jusqu'au désir d'assimilation – après tout, si ce sort était si enviable, pourquoi ne pas en rêver pour soi-même ? Mais la formule ne dit pas cela, sous-entendant par là même que ce tableau sur lequel on s'arrête avec ravissement n'est pas un tableau mais une séquence de film.

Elle sous-entend surtout qu'après ça se complique, c'est moins bien, pour le petit d'homme sans doute, mais également pour ceux qui l'entourent. Dans l'émotion du ton, on perçoit aussi des nuances moins positives, allusions à des difficultés, des ingratitudes, des éloignements. Au moment où la personne semble tout entière plongée dans la contemplation du bébé, elle s'en détache pour penser à elle, à un bonheur qu'elle a connu, puis qui s'est dilué, lui a laissé une blessure amère dont elle feint de se détacher mais qu'elle promet à tous, parce qu'elle sait. C'est un salut à la vie qui se plaint de la vie.

J'ai horreur de cette phrase

« Quand ils regardent un bébé, beaucoup de gens disent : ça devrait toujours rester comme ça. J'ai horreur de cette phrase. »

Une composition en abyme s'ouvre là. Car les adeptes de ce second jugement sont aussi nombreux que les premiers. Que veulent suggérer les seconds ? Ils se placent sur un autre registre. D'abord, je suis capable de regarder un bébé pour lui-même, et non en fonction d'une philosophie de la vie trop générale et négative. Ils disent donc j'ai horreur des généralités, ce qui dans leur cas paraît un peu présomptueux.

Les adeptes de « ça devrait toujours rester comme ça » se parlent aussi à eux-mêmes, fussent-ils dans une situation sociale. Les auteurs de « j'ai horreur de cette phrase » ne parlent qu'aux adultes présents dans la pièce, de préférence aux parents.

Ils souhaitent faire entendre l'idée que leur perception du miracle est plus subtile. Le bébé est adorable, c'est entendu, mais en tant que promesse, non comme une fin en soi. Il y a davantage de flatterie dans le « j'ai horreur de cette phrase ». Avec les parents que vous êtes, les dons que vous lui aurez transmis, l'éducation que vous saurez lui donner, vous êtes au début d'une aventure passionnante, dont je salue les prémices.

Peut-être pourrait-on lire aussi un peu d'auto-satisfaction ici. J'ai eu des enfants, je ne suis pas du genre à les trouver insupportables dès qu'ils sont en mesure d'affirmer une vraie personnalité, d'ailleurs chez nous ça s'est toujours bien passé.

Ce sous-entendu-là passe sans effort. Attention toutefois à ne pas dépasser la limite. Ce sont souvent les hommes qui la franchissent, en croyant bon d'ajouter que bien sûr c'est très mignon, mais que pour leur part ils s'intéressent davantage aux enfants à partir de deux ou trois ans, quand on peut leur lire des histoires ou leur caler un ballon devant le pied, par exemple. De là à prétendre qu'auparavant tout n'est que larvaire, changement de couche, odeur de lait Mustela…

Leur femme les reprend alors : « Mais non, comment peux-tu dire ça ? Regarde comme il est beau ! »

Oui. Très beau. À condition de rester comme ça, ou pas ? Même dans sa jovialité épicurienne, le bébé n'en pose pas moins une question métaphysique. Comment faut-il aimer en lui le temps qui passe ?

Chez nous, c'est comme ça !

C'est une phrase en trop. Au cas où vous n'auriez pas perçu ce que les coutumes dans la maisonnée avaient d'original, le « chez nous c'est comme ça » vous paraîtra presque pitoyable. Vous n'oserez pas même formuler une réponse. Un hochement de tête du genre conciliant-moi-tout-me-va suffira. Mais si vous avez réellement senti une atmosphère différente, une façon particulière d'envisager les rapports humains, la manière de préparer le repas ou de passer à table, c'est bien pire. À l'instant précis où vous commenciez à vous dire tiens-chez-eux-c'est-comme-ça-après-tout-ça-change-c'est-plutôt-sympa, l'oblitération dogmatique du maître – plus souvent de la maîtresse du maison sur ce que vous aimiez pressentir, ce climat dans lequel vous vous laissiez glisser en y mettant pas mal du vôtre, tout cela s'évanouit en quelques mots. Ainsi, c'était un traquenard. Vous vous croyiez dans une ambiance, vous étiez dans une morale. Ce laisser-aller apparent, cette façon désinvolte de happer un visiteur supplémentaire de passage furtif – je venais juste te rendre ton bouquin – pour l'installer à la table familiale, tu as bien dix minutes, plus on est de fous plus on rit, quand il y en a pour cinq il y en a pour six, il reste du gigot, va lui chercher du gigot, mais vous en êtes au dessert, t'en fais pas, t'en auras aussi de la tarte au citron meringuée, tu peux fumer, ça ne dérange personne : tout cela passait plutôt bien, comme une onde de bien-être réchauffante, ou mise au frais. Hélas, le « chez nous c'est comme ça » tombe sur les premières volutes des cigarettes, et c'est franchement obscène. Comment peut-on s'arroger le talent du non-dit, balayer des miettes de temps pur bien avant le café ? Mais c'est trop tard. Les mots ont tué ce qu'ils voulaient apprendre. Chez eux, ce n'est pas du tout comme ça.

Du côté de mon mari…

Ce n'est ni le côté de Guermantes ni le côté de Swann. Mais le côté de mon mari, le côté de ma femme sont aussi des frontières mentales, des réponses qui concourent à l'identité, par opposition ou complémentarité.

La singularité ainsi exprimée est le plus souvent proclamée avec un certain enthousiasme, rarement admiratif, souvent amusé, du moins quand l'échange se situe hors de la famille. Avec le conjoint lui-même, le constat sera nettement plus sec. Mais sur le trottoir, autour d'une tasse de café, en compagnie d'une amie, d'un ami – il faut une certaine intimité pour ce type d'aveu –, les mots seront lancés avec jubilation. « Du côté de mon mari, ils sont complètement comme ça ! »

Complètement comme ça, cela peut être complètement galette des rois prolongée jusqu'à la fin janvier, complètement maison de famille en Bretagne du nord, générations empilées jusqu'à la fin du mois d'août, ou complètement défilé revendicatif entre Bastille et République, complètement cousinades, ou complètement barbecue au bord de la rivière.

L'essentiel est de pouvoir dégager une vraie tendance et d'affirmer : « Chez moi, ce n'est pas du tout comme ça. » Est-ce mieux chez moi ? Souvent, mais pas nécessairement. Ce qui compte surtout, c'est de montrer que l'on peut vivre dans deux continents à la fois, avec juste ce qu'il faut de concessions pour que la vie demeure supportable.

Si je ne l'avais pas rencontré(e), je m'en serais tenu(e) à ce qu'il est convenu d'appeler chez moi la normalité. Pour certains, c'est carrément la voix du sang, même si les Frères Jacques ont su prendre leurs distances avec elle : « Régulièrement, la voix du sang se foutait d'dans. »

Dire « du côté de mon mari, du côté de ma femme », c'est s'étonner de rites différents, mais aussi les cautionner, et considérer la conjugalité comme une attitude antiraciste qui s'amuserait à faire semblant de persister dans le racisme. « Chez toi, alors !... Du côté de mon mari... » Quand il reste l'envie de vivre ensemble.

Je vais prendre les matchs
un par un

Sans vouloir être désobligeant avec ce joueur de tennis, on aurait dans un premier temps tendance à lui faire observer que de toute manière il n'a pas vraiment le choix. Mais on comprend. Je vais prendre les matchs un par un, c'est-à-dire d'avance couper court aux extrapolations fumeuses du journaliste qui m'interviewe et voudrait me faire avouer dès ce premier tour gagné que j'envisage d'aller jusqu'en finale, en insinuant que j'ai un tableau « bien dégagé ».

C'est l'interviewer qui, par son goût du scoop, de l'exagération, impose ce recours au stéréotype. Car après tout, ce n'est pas vraiment de la langue de bois. Le tennisman est sincère quand il enfile les clichés comme des perles, il n'y a pas de tableau facile, tous les joueurs sont dangereux dans une phase finale de Roland-Garros, etc.

Prendre les matchs un par un est une variante plutôt rafraîchissante de ce discours convenu. La phrase rappelle opportunément qu'au-delà des enjeux le tennis est aussi un jeu, que chaque partie est une pièce de théâtre qu'il faut envisager comme un tout, non comme un maillon dans une chaîne. Il y a là aussi – et c'est peut-être déjà une fêlure – le désir exprimé de revenir à un plaisir originel, que l'ensemble du professionnalisme avait contaminé.

Car cette phrase dit étrangement le contraire de ce qu'elle voudrait dire. « Je vais prendre les matchs un par un » signifie qu'on espère bien qu'il y en aura plusieurs, et donc que loin de les prendre un par un, on les envisage dans la perspective d'un tournoi majeur, et dans la progression ou la régression d'une carrière. Le ton philosophe et raisonnable a l'évidence d'un paradoxe. Bien sûr, je rêve d'aller au bout, mais je fais semblant de ne pas regarder au loin.

Un peu comme on croit pouvoir contrarier le mauvais sort en l'invoquant, le tennisman revendique l'envie d'échapper au système au moment même où le système l'enferme inéluctablement : pas le temps de savourer sa victoire, déjà cet entretien sous le regard des caméras, déjà cette projection dans la suite du tournoi, vous jouerez demain sur le Central. Le présent est au futur, il n'y peut rien. Ce n'est pas lui qui prend. Il est pris par les jours. Par les matchs. Un par un.

Ça a été ?

Bien sûr, il y a le patron sûr de lui, dans son restaurant plutôt cher et branché, qui vous accueille avec un « Qu'est-ce qui vous ferait plaisir ? » légèrement outrecuidant. En l'occurrence, « ce qui vous ferait plaisir » n'est pas l'absolu gratuit de vos désirs, mais un choix bien délimité et tout à fait payant que vous trouverez sur la carte.

J'avoue préférer de loin la serveuse peut-être socialement plus maladroite, dans un établissement beaucoup plus simple, qui s'enhardit en débarrassant : « Ça a été ? » Étrange formule, dont l'intonation interrogative bon enfant s'accompagne d'un empilement d'assiettes dynamique, bientôt suivi d'une proposition familière : « Un p'tit fromage ? Un p'tit dessert ? Un p'tit café ? » Pour un peu, vous écoperiez d'un « pour la p'tite dame, pour le p'tit monsieur ? » qui vous ferait ruer dans les brancards.

Mais non. Elle s'en tient à ce «ça a été?» qui n'est après tout que la forme passée du «ça va?» lancé d'habitude en préambule par des proches ou des amis. Mais si «ça va?» permet de s'enquérir très formellement de votre accord à la vie, «ça a été?» s'adresse non seulement à votre approbation de la nourriture engloutie, mais aussi au confort de son ingestion, et même à votre plaisir de vous trouver là. Il ne s'agit pas de se lancer dans des échanges philosophiques, ni même météorologiques, elle est toute seule pour vingt couverts. Mais c'est plutôt gentil, juste en passant, pour humaniser les choses, ça a été très bien, merci.

J'ai une contrainte

Une contrainte. Quelque chose qui vous ennuie, vous pèse, vous enserre. Si c'était vraiment le cas, il ne serait pas difficile d'expliquer à votre interlocuteur de quoi il s'agit, de susciter son empathie. Mais de toute évidence, il s'agit d'un prétexte pour éviter un rendez-vous précis.

Parmi tous les moyens dilatoires consommés en toute hypocrisie courtoise, le « j'ai une contrainte » est sûrement celui qui essaie le moins de donner le change. On n'oppose pas une contrainte à un très proche, susceptible de sonder notre vie, mais à une personne que l'on sait suffisamment lointaine. Elle n'aura pas l'aplomb de vous interroger davantage. Quand bien même ce serait le cas, vous vous en tireriez avec un rendez-vous médical très vague, qui serait comme une seconde bordée d'éloignement. « Un ostéopathe en douceur qu'on m'a indiqué, j'ai des douleurs de dos depuis six mois, j'ai tout essayé » serait un vrai mensonge, brodant dans le détail, tirant sur le fil fragile de la vraisemblance. Mais une contrainte, un rendez-vous médical – un déjeuner parfois – sont des barrières assez opaques pour dispenser de toute explication supplémentaire.

Celui qui dit « j'ai une contrainte » est le chassé, celui qui se fait désirer, mais entaille d'un coup de dent sournois le filet qui voudrait l'étouffer. Il peut du moins se conforter quelques instants dans ce jeu, en feignant de parcourir son agenda. Mais les rôles sont-ils distribués avec une telle évidence ? Le chasseur qui se contentera de la réponse « j'ai une contrainte » n'est pas très affamé. Bien sûr, il pourrait tenter un « le jeudi suivant, alors ? ». Mais bien souvent il se contentera d'un « on se téléphone, on se verra plus tard », avec une petite moue compréhensive-approbatrice, qui remet à hauteur les plateaux de la balance. Dans le manie-ment du rapport de force, tous les hommes sont des roués dérisoires. Alceste et Cyrano nous regardent avec pitié. Molière et Rostand beaucoup moins, qui savent à quel point ils sont restés indignes de leur personnage. La seule vraie contrainte, c'est ce jeu social où l'énergie du présent nous fait songer quelques instants à l'envie de se revoir, absente aussitôt qu'affirmée.

C'est maintenant
qu'il faut en profiter

En toute logique, ces mots devraient s'adresser à ceux qui sont en pleine possession de leurs forces vives, étudiants universitaires bénéficiaires de longues vacances, par exemple. Mais non. Elle concerne toujours la même tranche d'âge : entre soixante et soixante-quinze ans, la supposée première phase de la retraite – bien qu'en dépit des statistiques cette étape ne soit pas toujours atteinte, *a fortiori* dépassée.

Du coup, l'adage prend un petit côté comminatoire, sous-entend un avenir définitivement délabré, peu réjouissant : le « c'est maintenant », loin d'avoir pour but unique d'ensoleiller le présent, recèle clairement une menace : après, ça sera trop tard.

Le public concerné restreint par ailleurs quelque peu les perspectives du verbe profiter. Le mot lui-même transpire d'une effraction de mauvais aloi. Il ne semble pas s'appliquer à la lecture, à peine davantage au spectacle. S'il s'agit d'activités sportives, il va de soi qu'il serait sage d'en profiter au ralenti. La même prudence concerne évidemment les tentations gastronomiques ou sexuelles. Bien sûr, on peut décliner à l'envi la philosophie de Jean Giono qui, condamné par la faculté à limiter sa consommation de tabac à trois pipes par jour soulignait l'intensité décuplée de ces plaisirs homéopathiquement distillés. Plus que du talent, il y faut une aptitude. L'essentiel serait-il alors de profiter de ses petits-enfants – pour autant que l'on en ait ? Sûrement, à condition toutefois de bénéficier d'un rapport tel qu'on ne les voie pas s'éloigner définitivement à l'adolescence, ce qui change sensiblement les implications affectives.

Le seul domaine de profit qui ne soit entaché d'aucune restriction concerne le concept de voyage. Ah ! oui, profitez-en pour voyager – c'est-à-dire pour aller constater combien eussent été préférables pour l'épanouissement de votre vie tous les lieux où vous ne l'avez pas vécue.

Mais le mot le plus sournois, le plus spécieux, le plus intolérable demeure ce « en », pronom personnel ici bousculé, puisque chacun se croit autorisé à pénétrer la singularité de votre rapport au monde. De quel droit soupèse-t-on d'un regard global et réducteur les différentes parties de votre existence, en les affectant d'un coefficient programmé ? Vous n'avez pas envie d'en profiter. Seulement un peu de vivre. Comme vous êtes. Comme vous avez toujours été.

On était écroulées

Au risque d'être taxé de machisme primaire, je l'écris délibérément au féminin, cette phrase qui fleurit de préférence dans un groupe d'adolescentes. L'anecdote évoquée a dû être légèrement enjolivée (ce qui relèverait pourtant davantage d'un comportement masculin) mais le commentaire qui lui succède appartient au sexe. J'étais écroulée, ou, plus souvent encore, on était écroulées, la référence à une complicité absente renforçant l'impression de vérité qui doit sourdre des propos.

Soyons cruels. La jeune fille qui affirme qu'elle était écroulée ne porte pas sur elle les signes justificatifs d'une perpétuelle jubilation. Les auditrices accueillent sa révélation avec une certaine réticence. Scepticisme peut-être, ou plutôt jalousie. Justifiée, car c'est contre elles qu'on prétend avoir été écroulée(s), dans une situation dont elles étaient exclues, dans un moment de grâce où l'on a vécu plus fort, plus grand, dans une aventure cocasse qui fait contraste avec la tonalité tristounette du petit groupe rassemblé sur le trottoir.

On ne doute pas que la jeune fille écroulée ne fût capable de pouffer. Elle semble même essentiellement conçue pour cette activité, que l'on serait tenté de laisser dériver jusqu'au substantif. Un garçon, ou un groupe de garçons, ont été vraisemblablement concernés. Le désir de se faire remarquer d'eux a-t-il vraiment donné lieu à un geste, une parole particulièrement maladroits ou audacieux ? Par la suite on a pouffé, de préférence si les garçons ne se sont rendu compte de rien.

L'intensité savamment maîtrisée du fou rire est souvent un constat d'échec, et comme une dernière chance opposée à l'indifférence. Cette fois-ci encore ça n'a pas marché, ou bien, dans le meilleur des cas, l'un des garçons a fait une remarque sans conséquence à destination du groupe féminin, provoquant une recrudescence de secousses hydrauliques. Objectivement, la réponse à la question que s'est-il passé peut se traduire en quatre lettres : rien. Mais le récit sublimera les frustrations cachées. On était écroulées.

Qui lit encore Duhamel ?

La mine est gourmande, ou faussement acca-
blée. La phrase se termine par Duhamel, mais
ça pourrait être Romain Rolland, Martin du
Gard, Anatole France… et, pourquoi pas, Gide
ou Claudel. Il ne s'agit pas d'un regret. Plutôt
d'une constatation faussement différée. À chaque
fois, il s'agit d'un écrivain qui a semblé incontour-
nable à son époque, par son succès, mais plus
encore son aura intellectuelle. Dire que Proust
admirait Anatole France… Dire que dans le
Lagarde et Michard de ma jeunesse il y avait
soixante pages pour Gide, et seulement quarante
pour Proust ! Et dire qu'à présent tous les auteurs
estompés sont saupoudrés de poussière, confits
dans une désuétude qui peut sentir au choix le
vieil encens ou la flanelle mouillée.

La question toutefois ne concerne qu'en apparence le pouvoir d'oubli. C'est le présent qui est en cause. Le message peut s'entendre de diverses manières. Méfiez-vous des statues. Ceux qui resteront ne sont pas nécessairement ceux qui ont aujourd'hui la carte, l'unanime adhésion des germanopratins. Y aurait-il alors dans ce « qui lit encore Duhamel ? » une roborative subversion ? D'autres, qui ne sont pas les Duhamel ou les Martin du Gard d'aujourd'hui, pourraient-ils trouver là matière à espérer, le temps retraçant à sa manière les perspectives ? La réponse semble plutôt négative. Il ne s'agit pas tant d'éclairer les rêves de postérité que de sombrer dans un pessimisme quasiment cynique. Rien ne sert à rien. Personne ne lit vraiment. Ceux qui pourraient à bon droit s'estimer parés pour un long voyage ont été engloutis. C'est dire pour les autres, naufragés sans bouée.

Ces mots viennent parfois sur les lèvres d'un écrivain. Souvent sur celles d'un éditeur, ou d'un critique. L'idée que les tentatives créatrices les plus saluées deviennent rapidement ce que Céline appelle un discours aux asticots semble réjouir ceux qui font tourner leur existence autour de la littérature. Mais c'est curieusement un hommage paradoxal au livre. Ce parallélépipède rectangle où le temps nous paraît définitivement enfermé n'est qu'une dérisoire bouteille à la mer. La société – fût-elle littéraire – ne peut cautionner ses chances de survie : le livre ne lui appartient pas. Il n'en devient que plus précieux, plus magique. En incarnant l'élégance du désespoir, il quitte toutes les basses cuisines pour retrouver sa pureté originelle. Et puis c'est bon de supprimer le siècle qui nous précède, de tuer le père. Au XXe, il était de bon ton de trouver le XIXe un peu idiot. Je me suis replongé dans Montaigne. C'est complètement moderne. Mais Duhamel. Qui lit encore Duhamel ?

Qu'est-ce que vous allez faire aujourd'hui ?

L'auditrice vient de gagner un coffret de trois CD de Charles Aznavour. Elle manifeste une joie mesurée. L'animateur de la radio tente de réchauffer le contact. C'est le dimanche matin, il est question de fêtes et de brocantes dans la région, la météo a promis du beau temps. C'est le moment d'esquisser une petite tranche de vie, de dilater un peu cette convivialité interactive qui fait la singularité de la station. La question sur le travail est tombée à l'eau, car la gagnante est au chômage. Mais le journaliste n'est pas déconcerté :

– Alors, Nathalie, qu'est-ce que vous allez faire aujourd'hui ?

On sent que l'homme de radio espère une réponse aérée, baladeuse, la perspective d'un bon bol d'air dominical. Mais au bout du fil on entend seulement :

– Des frites.

Ah ! oui, bien sûr. Un vertige existentiel s'installe tout à coup. Quelle est la vraie seule source d'angoisse, la question qui taraude, détermine le sens même de l'existence ? Ce qu'on va faire. À manger. Qu'est-ce que je vais bien pouvoir leur faire à manger ?

On sent qu'une partie de la matinée de Nathalie a été vouée à cette interrogation ontologique. Des possibilités se sont offertes, des suggestions ont tour à tour été disqualifiées. Et puis s'est imposée la réponse idéale. Pas très original ? Mais ça, au moins, on est sûr que ça plaira à tout le monde. On peut noter d'ailleurs que Nathalie ne croit pas nécessaire de s'étendre sur le reste du repas. Entrée, viande, dessert ? Sans doute, mais le concept qui donne au dimanche cette sérénité prometteuse, ce noyau de la satisfaction programmée se résume en deux mots.

Faire. Qu'est-ce que vous allez faire ? Cette question implique pour Nathalie l'adjonction d'un complément circonstanciel : qu'est-ce que vous allez faire à midi ? Pendant quelques fractions de seconde, on mesure la distance qui sépare l'animateur (il se contentera peut-être d'un sandwich) et les priorités de Nathalie. Oui, elle songera ensuite à faire autre chose de son dimanche. Mais ce ne sera qu'une plage de liberté dégustée comme un après, quand tout le monde chez elle aura délivré son approbation. Quand tout le monde aura mangé. Des frites.

Il pourrait bien neiger

On ne se méfie pas. La fin novembre est venue sans froid, avec des pluies lancinantes et molles, pas mal de feuilles encore au hasard des trottoirs. Vient un matin d'un autre gris, compact, fermé, l'air change de texture. Sous la croix verte de la pharmacie, le thermomètre affiche en rouge deux degrés – le chiffre un peu baveux se dilue dans l'espace. On ne l'attendait pas, mais elle monte du fond de soi, la petite phrase. Elle vient aux lèvres comme un air oublié : « Il pourrait bien neiger. » On n'oserait pas la prononcer à haute voix – c'est encore tellement l'automne, tout pourrait finir en averse bêtement glaciale, en brouillard d'ennui. Mais l'idée d'une possible neige est revenue, c'est ça qui compte – seulement l'idée. Pas de descente en luge-sac poubelle, pas de bonhomme, pas de cris d'enfants. Pas d'image, de mystification du paysage. Bien mieux que tout cela, car la neige essentielle est dans l'informulé. Avant. Quelque chose qu'on ne savait plus que l'on savait. Avant la neige, avant l'amour, la même absence, le même gris voilé que le banal des jours invente en faisant semblant d'étouffer. On va croiser quelqu'un :

— Cette fois, c'est presque l'hiver !

— Oui, on commence à coucher les oreilles !

Des ouvriers accrochent des guirlandes à l'angle de la pharmacie. Encore quelques jours avant d'allumer les lumières. On n'a rien dit de trop. Surtout ne pas effaroucher l'ombre légère de l'idée. Le thermomètre rouge est descendu encore d'un degré. Il pourrait bien neiger.

Que son frère…

C'est une phrase de rencontre parents-professeurs. Côté prof, on est en train de s'en tirer avec un satisfecit un peu pauvret, du genre : « Je ne peux que l'encourager à poursuivre ses efforts, car elle fait tout ce qu'elle peut. » Côté parents – ou côté mère, plus exactement, car c'est le cas de figure le plus fréquent, la mère est venue seule, surtout quand les résultats sont médiocres – le dialogue ne s'envole pas davantage : « Ça, elle s'en donne, du mal. » Comme la maman semble décidée à rester vissée sur sa chaise un bon moment, l'enseignant relance le dialogue avec un air navré, et le recours à la litote. « Je ne peux pas vous dire que les résultats sont mirobolants. » Six de moyenne, on ne saurait faire plus conciliant sans faillir à l'honnêteté intellectuelle. Mais cela ne coûte rien de lancer un « Son sérieux devrait lui permettre de faire des progrès, je ne désespère pas… ». La mère secoue la tête. « Parfois ça fait pitié de voir comment elle travaille, mais elle n'a pas de facilité. Que son frère… »

Ah! ce « que son frère… » ! Combien de profs l'ont entendu ? En l'occurrence, le frère on ne l'a pas en classe, mais on le connaît de vue et de réputation. Un petit branleur à crête de coq gominée, Nike blanches immaculées, dont les collègues disent : « Le pire, c'est qu'il pourrait très bien faire ! » Apparemment, cette virtualité suffit à son bonheur, rehausse son prestige. Auprès de ses copains, ce qui paraît bien normal, mais même aux yeux de sa mère, et c'est plus désolant.

Toutes les luttes pour la parité, l'égalité des sexes ne sauraient triompher tant que les mamans seront fières d'évoquer un petit macho suffisant dont elles font semblant de se désoler, mais qui les console de la gentillesse laborieuse de leur fille. Un clivage, un cliché qui pourraient sembler d'un autre âge, mais que l'expérience rafraîchit chaque année. Ah! lui, si seulement il voulait un peu… On sent que cet orgueil voilé de déploration n'est qu'une première manifestation féminine d'adoration blessée. Il y en aura d'autres, dans les couloirs du collège. Il fait toujours tomber les cœurs, celui qui peut mais ne veut pas.

Par contre, je veux bien un stylo

La munificence s'est exprimée sans contradiction possible. Une avancée impérieuse du bras droit, la franche résolution du regard : non, laissez, c'est pour moi. Parfois, une petite phrase justificative, du genre je suis sur mes terres, la prochaine fois je vous laisserai faire. Les autres ont protesté juste ce qu'il faut avant de concéder leur assentiment avec une once affichée de regret. Tout en poursuivant la discussion, il a sorti son carnet de chèques. Et c'est alors que la formule est tombée, légère en apparence, discrète, si naturelle dans le feu de l'action, mais si lourde de sens : « Par contre, je veux bien un stylo ! »

Ah ! ce « par contre », comme il est beau ! Oui, je dirige la manœuvre. Mine de rien, j'ai pris le dessus. Vous êtes désormais mes obligés. Allez, je ne vous demande pas grand-chose, ce sera votre modeste façon de mériter ma générosité. Il y a un « par contre », c'est-à-dire que vous me devez quelque chose. Je mets en parallèle sur les plateaux de la balance ces deux charges si opposées : moi qui paie tout, vous qui vous en tirerez avec le prêt rapide d'un stylo. Cette mise en rapport des poids se voudrait camarade et furtive : elle est en fait bien lourde, assez proche de la muflerie.

Le « je veux bien » n'est pas mal non plus dans son genre, avec son ton comminatoire. Le « bien » pourrait se traduire ainsi : vous allez quand même vous débrouiller pour trouver au moins un stylo. Oui, un stylo sort aussitôt de la poche d'une veste, et le comble de l'autosatisfaction du payeur est dans le « merci » qu'il délivre alors. Non seulement c'est moi qui offre, mais j'ai l'élégance de vous remercier. On se lève, on se dégourdit les jambes, sympa ce petit resto, très tendre la viande, et puis c'est tranquille, on peut parler. On peut se faire détester pour moins que ça.

On peut le changer

C'est une phrase à géométrie variable. Elle peut traduire au choix l'extrême attention ou la plus grande désinvolture dans le choix d'un cadeau.

Un chemin de table acheté par correspondance, dont on pensait qu'il s'harmoniserait avec certaines nappes que l'on a en tête, mais on garde quand même un doute pour la nuance des couleurs. On l'a reçu un mois avant les fêtes. Ou bien un film en noir et blanc introuvable en DVD mais dont a fini par trouver un exemplaire en VHS – la seule interrogation, c'est qu'on sait bien que le destinataire l'aime tellement qu'il risque de se l'être déjà procuré par des voies compliquées. Dans ces cas-là, le moment de l'offrande est consenti avec des gestes lents, une expression inquiète, des précautions oratoires embarrassées, mais dont le sérieux étalonne l'ampleur de l'enjeu.

« On peut le changer » est alors le dernier recours, le dernier rempart contre la déception. Mais il y a également un « on peut le changer » beaucoup plus preste et furtif, dont le ton dédramatisant est une forme d'honnêteté. On entend presque derrière : « J'ai trouvé ça à la Fnac l'autre jour par hasard, j'ai pensé que ça te plairait peut-être. »

De toute manière, « on peut le changer » est une phrase moderne. Elle suppose non seulement l'existence d'un ticket de caisse, mais l'idée que cette pièce comptable puisse avoir avant tout comme rôle potentiel cette idée d'échange. Elle suppose surtout que le cadeau, en tant qu'acte social, de politesse ou d'affectivité a perdu de sa singularité. Rien qu'en disant « on peut le changer », on entrevoit ces masses de papiers rutilants qui prolifèrent dans les salons, à la fin de l'apéritif. On entend aussi d'autres formules. « Je ne sais pas quoi leur offrir. Ils ont tout. » À travers la profusion de l'offre se révèle une société, une satiété. Ne pourrait-on déceler au bout du compte une attaque contre le matérialisme du monde occidental ? On peut le changer.

Quel est votre plus gros défaut ?

Ça peut être pour répondre à un jeu de profil psychologique dans un magazine, une sorte de questionnaire de Proust légèrement adapté. Quel est à votre avis votre plus gros défaut ? Ou simplement dans une discussion entre amis. C'est parfois une vedette qu'on interviewe dans une émission.

Tout à coup, on se retrouve plongé dans l'atmosphère du confessionnal fréquenté il y a si longtemps. Enfant, on devait livrer ses péchés, et ce n'était pas simple. Bien sûr on était dans l'obscurité, séparé du curé par une petite cloison de bois à claire-voie. Mais c'était quand même l'abbé Michon, qui vous connaissait parfaitement, vous et vos parents. Comment lui dire ce qu'on trouvait vraiment mal ? De toute façon, ce qui était vraiment mal, on n'aurait pas su le formuler :

à l'époque, on ne formulait pas ce qui était de caractère sexuel.

Alors, on s'en tirait avec des péchés-bateaux bien vagues, j'ai menti, j'ai été méchant avec mon frère, j'ai triché en classe. Un pater, deux ave, on n'était soulagé de rien, mais on était soulagé.

Adulte, ce n'est pas plus simple. On se confesserait sans doute mieux, mais on ne se confesse plus. Dans un contexte social, c'est rare de voir un adulte avouer sa pingrerie, sa lâcheté, son hypocrisie, détailler ses pulsions sexuelles, admettre sa jalousie ou sa violence. La réponse à un magazine peut cependant s'avérer assez franche, surtout si l'on fomente de se débarrasser dudit journal sans laisser de traces. Entre amis on fait quelquefois un effort, qui ne va jamais toutefois jusqu'à la lucidité.

Mais exaspérante est la réponse de la star censée jouer le jeu devant le micro, la caméra, et qui après un temps de réflexion conséquent finit par concéder cet aveu bouleversant de qualité introspective :

— Mon plus gros défaut ? Je crois que c'est la sincérité.

V'là l'bord d'la nuit qui vient

Celle-là, c'est la marque d'une seule personne. Une belle personne. Madame Hermier était l'épicière. Elle est morte depuis quinze ans au moins. C'est elle qui régentait le quartier, avec, sous son apparence revêche, un sens de l'équité sans concession. Première rencontre un jour de panne d'électricité :

– Mon pauv' monsieur, j'veux bien vous vendre trois bougies, mais pas la boîte. Il en faut pour tout le quartier.

Au fil des ans elle était devenue une amie, venait à la maison partager la galette des rois, bavardait un peu, et disait tout à coup :

– J'vais rentrer. V'là l'bord d'la nuit qui vient.

Des mots entendus, des mots qu'elle inventait ? Peu m'importe. Les mots de Madame Hermier. J'aime les soirs précoces à cause d'elle, la sagesse solitaire de ses dimanches d'hiver. Rien ni personne ne l'attendait, mais il fallait rentrer avant la nuit. Peut-être une manière de ne pas vouloir nous importuner trop longtemps, de couper court à nos mais vous avez bien le temps. Comment la retenir, puisque le bord de la nuit venait ?

Le bord de la nuit. La nuit devient une matière, un tissu, les heures s'habillent et nous mettent un manteau. Nos mouvements doivent suivre, s'envelopper dans cette amplitude du ciel, marcher à l'amble. Madame Hermier ne redoutait guère les deux cents mètres nocturnes de trottoir qui l'eussent ramenée chez elle sous les réverbères. Mais c'était aussi une politesse de suivre le rythme du jour. Jehan Rictus appelait le crépuscule « le furtif ». Voilà. Madame Hermier voulait rentrer à la lisière du furtif.

Plus tard, quand elle nous quitterait pour un plus long voyage, ce serait avec la même discrétion, le même souci de ne pas déranger, de se glisser dans l'ombre sans crainte et sans regret. Pas difficile pour elle en apparence de quitter le cercle des lampes bases, les flammes orange et bleues de la cheminée. Une jolie manière de dire adieu comme elle disait au revoir, à quoi bon protester, il faut bien s'en aller, v'là l'bord d'la nuit qui vient.

Table

Le Bonheur, tableaux et bavardages
Le Rocher, 1986, 1990, 1998
Gallimard, « Folio », n° 4473

Le Buveur de temps
Le Rocher, 1987, 2002
Gallimard, « Folio », n° 4073

La Fille du bouscat
Milan Jeunesse, 1989

Les Amoureux de l'Hôtel de Ville
Le Rocher, 1993, 2001
Gallimard, « Folio », n° 3976

C'est bien
Milan Jeunesse, 1995, 1998
Milan poche « Tranche de vie », n° 37

Surtout, ne rien faire
(illustrations de Isabelle Chatelland)
Milan Zanzibar, n° 142

En pleine lucarne
Milan Jeunesse, 1995, 1998
Gallimard Jeunesse, « Folio Junior », n° 1215

L'Envol
Le Rocher, 1996
et Magnard, 2001
et « Librio », n° 280

Sundborn ou Les Jours de lumière
Le Rocher, 1996
Gallimard, « Folio », n° 3041

Sortilège au Muséum
Illustrations de Stéphane Girel
Magnard Jeunesse, 1996, 2004

La Première Gorgée de bière et autres plaisirs minuscules
Gallimard, « L'Arpenteur », 1997

La Malédiction des ruines
Magnard Jeunesse, 1997, 2006

La Cinquième Saison
Le Rocher, 1997, 2000
Gallimard, « Folio », n° 3826

Il avait plu tout le dimanche
Mercure de France, 1998
Gallimard, « Folio », n° 3309

Paniers de fruits
Le Rocher, 1998

C'est toujours bien !
Milan Jeunesse, 1998
Milan poche « Tranche de vie », n° 40

Le Miroir de ma mère
(en collaboration avec Marthe Delerm)
Le Rocher, 1998
Gallimard, « Folio », n° 4246

Autumn
Le Rocher, 1998
Gallimard, « Folio », n° 3166

Mister Mouse ou La Métaphysique du terrier
Le Rocher, 1999
Gallimard, « Folio », n° 3470

Le Portique
Le Rocher, 1999
Gallimard, « Folio », n° 3761

Un été pour mémoire
Le Rocher, 2000
Gallimard, « Folio », n° 4132

Rouen
Champ Vallon, 2000

La Sieste assassinée
Gallimard, « L'Arpenteur », 2001
Gallimard, « Folio », n° 4212

Intérieur : Vilhelm Hammershoi
Flohic, 2001

Monsieur Spitzweg s'échappe
Le Mercure de France, 2001

Enregistrements pirates
Le Rocher, 2004
Gallimard, Folio, n° 4454

Quiproquo
Serpent à Plumes, 2005

Dickens, barbe à papa et autres nourritures délectables
Gallimard, 2005
et « Folio », n° 4696

La Bulle de Tiepolo
Gallimard, 2005
et « Folio », n° 4562

Ce Voyage
Gallimard Jeunesse, 2005

Maintenant, Foutez-moi la paix !
Mercure de France, 2006

À Garonne
Nil, 2006
et « Points », n° P1706

La Tranchée d'Arenberg et autres voluptés sportives
Le Panama, 2007

Au bonheur du tour
Prolongations, 2007

Coton global
Circa 1924, 2008

En collaboration avec Martine Delerm

Les Chemins nous inventent
Stock, 1997
Le Livre de Poche, n° 14584

Fragiles
Seuil, 2001
« Points », n° 1277

Les Glaces du Chimborazo
Magnard Jeunesse, 2002, 2004

Paris, l'instant
Fayard, 2002
Le Livre de Poche, n° 30054

Elle s'appelait Marine
Gallimard Jeunesse, « Folio Junior », n° 901, 2007

Traces
Fayard, 2008

Motamorphoses
À *chaque mot son histoire*
Daniel Brandy

Dans une langue élégante et drôle, Daniel Brandy relève ici un véritable défi : rendre à la fois savoureuse et accessible l'histoire des mots tout en gardant la plus extrême rigueur. De courts chapitres pour comprendre les origines, l'évolution et les avatars des mots de tous les jours.

Points n° P1544

Que faire des crétins ?
Les Perles du grand Larousse
Pierre Larousse
Présentation de Pierre Enckell

Commentaires absurdes, prises de position totalement subjectives, préjugés sexistes ou racistes, aberrations « scientifiques »… Pierre Enckell, lexicographe obsédé, traque les fautes commises ou admises par Pierre Larousse lui-même et donne à lire ces définitions, dont la lecture aujourd'hui est consternante… ou hilarante. Pierre Desproges n'aurait pas fait mieux.

Points n° P1543

L'habit ne fait pas le moine
Petite histoire des expressions
Gilles Henry

Dans la lignée d'un Claude Duneton, sous forme d'un dictionnaire aux articles concis et clairs, et avec la précision de l'histo-
rien, ce livre propose de remonter aux sources historiques et étymologiques des expressions imagées et d'en éclairer le sens. Une
invitation au voyage dans les images de la langue française…

Points n° P1545

Petit fictionnaire illustré
Les Mots qui manquent au dico
Alain Finkielkraut

Pourquoi ne pas renouveler la langue française ? Sous la forme
d'un petit recueil de néologismes et de mots-valises, voici un
dictionnaire d'un nouveau genre. Autour de définitions hila-
rantes, farfelues et pourtant d'une logique sans faille, Alain
Finkielkraut joue avec les mots et nous fait partager son goût
pour la poésie, l'humour et la philosophie.

Points n° P1546

Le Pluriel de bric-à-brac
Et autres difficultés de la langue française
Irène Nouailhac

Voici recensées en un seul volume les principales embûches et
chausse-trappes de la langue française dans lesquelles tombent
les plus habiles d'entre nous. Orthographe trompeuse, syntaxe
chahutée, prononciation difficile, pluriels irréguliers, pléo-

nasmes à éviter, etc. Toutes les réponses aux questions que l'on se pose dans l'usage courant de la langue.

Inédit, Points n° P1547

Un bouquin n'est pas un livre
Les Nuances des synonymes
Rémi Bertrand

Timide ou réservé, vélo ou bicyclette ? Quelle est la nuance ? Un dictionnaire des synonymes se contenterait de juxtaposer ces mots en proposant de remplacer l'un par l'autre. Mais l'art de la nuance, c'est faire jouer la langue dans ses plus fins rouages, lui permettre d'exprimer toute sa richesse et sa subtilité. Au travers de textes courts et de mots choisis, Rémi Bertrand invite à rendre leurs différences aux synonymes.

Inédit, Points n° P1548

Le Dico des mots croisés
8 000 définitions pour devenir imbattable
Michel Laclos

Entre poésie et jeu de l'esprit, les définitions retorses du célèbre cruciverbiste Michel Laclos invitent au charme raffiné de la torture de méninges... Pour prolonger le plaisir qu'offrent ses grilles « savantes et limpides, vicelardes et réjouissantes, instructives et rigolardes » (Remo Forlani), voici un livre ludique qui permet de s'exercer, en cachant les mots à deviner, grâce au marque-page encarté dans le livre. À vos définitions !

Points n° P1575

Les deux font la paire
Les Couples célèbres dans la langue française
Patrice Louis

Sodome et Gomorrhe, Castor et Pollux, Bonnie & Clyde, Lagarde et Michard ou Moët et Chandon… Autant de duos inséparables qui surgissent tour à tour dans nos conversations. Quelle est l'origine de ces associations ? Remontant aux sources des mots, Patrice Louis nous livre ici, entre érudition et sourire, un vrai petit manuel de culture générale…

Points n° P1576

C'est la cata !
Le Petit manuel du français maltraité
Pierre Bénard

Finies la cordialité, la chaleur : place à la « convivialité » tous azimuts… On ne contrôle plus, on ne gouverne plus : on « gère ». Pierre Bénard a réuni ici ses chroniques parues dans la rubrique du *Figaro* « Le bon français ». Des billets d'humeur qui sont autant d'invitations à refuser toutes les facilités auxquelles nous nous laissons aller dans l'usage courant de la langue…

Points n° P1577

Chihuahua, zébu et Cie
L'Étonnante Histoire des noms d'animaux
Henriette Walter et Pierre Avenas

Savez-vous que le loup a laissé sa griffe sous les termes Louvres, lycée et lupanar ? Pourquoi le hot-dog porte-t-il un nom si étrange ? Et qui se cache derrière le mot vaccin ? Quinze cha-

pitres savants et malicieux fourmillant d'illustrations et d'anecdotes débusquent les traces de nos animaux familiers au détour
des conversations et des langues...

Points n° P1616

Les Chaussettes de l'archiduchesse
Et autre défis de la prononciation
Julos Beaucarne et Pierre Jaskarzec

«Seize jacinthes sèchent dans seize sachets secs.» Dans ce
recueil, les «virelangues» virevoltent entre sages comptines et
allitérations coquines, grande poésie et mots d'esprit. Un petit
inventaire délicieusement cacophonique des «phrases à délier
la langue» chères à Devos, Gainsbourg, Racine, Ferré et à de
nombreux autres amoureux anonymes de la langue et de ses
défis.

Points n° P1617

My rendez-vous with a femme fatale
Les Mots français dans les langues étrangères
Franck Resplandy

«ETUI (allemand, familier) : *petit lit étroit pour une personne.*»
Avec humour et précision, Franck Resplandy retrace les itiné-
raires d'un grand nombre d'expressions et de mots d'origine
française à travers le monde. À l'étranger, ils ont changé de
sens, ou conservé un usage depuis longtemps disparu en
France. Un recueil riche d'enseignements sur l'histoire et sur
l'image de notre culture à l'étranger.

Points n° P1618

La Comtesse de Pimbêche
Et autres étymologies curieuses
Pierre Larousse

Qu'il soit le fruit d'une anecdote ou le fantôme d'une personne oubliée, chaque mot de ce dictionnaire ludique et instructif vous révélera son secret et son étymologie... comme cette comtesse de Pimbêche qui, à cause de Racine et de sa comédie des *Plaideurs*, a vu son nom transformé en emblème de femme acariâtre et précieuse !

Points n° P1675

Les Mots qui me font rire
Et autres facéties de la langue française
Jean-Loup Chiflet

Passionné par les incongruités de la langue française, Jean-Loup Chiflet la revisite avec la drôlerie qui a fait sa renommée. Mots « impossibles à prononcer », mots « menteurs », mots « à dictée », mots « mal mariés » ou encore mots « qui rétrécissent à l'usage », autant de variations malicieuses sur les bizarreries de notre langue qui réjouiront tous les amateurs de bons mots.

Points n° P1676

Les carottes sont jetées
Quand les expressions perdent la boule
Olivier Marchon

Vous est-il déjà arrivé de vous prendre les pinceaux dans le tapis, de vous crêper le chiffonnier, de vous arracher les cheveux contre le mur, bref, de mélanger les expressions ? Olivier

Marchon s'en amuse et se livre à une véritable arithmétique de la langue pour débusquer les inventions les plus fantaisistes. Un exercice ludique, créatif et tout simplement hilarant : vous ne saurez plus sur quel pied donner de la tête !

Points n° P1677

Les Grands Mots du professeur Rollin
Panacée, ribouldingue et autres mots à sauver
François Rollin

Le célèbre professeur Rollin se lance dans une entreprise des plus importantes : le sauvetage des mots, car il en va des mots comme des espèces, il faut les protéger d'une extinction programmée. Heureusement, le professeur Rollin veille. Sans lui, qui saurait encore ce que « ratiociner » veut dire ? Et qui peut se dispenser de connaître le « gongorisme » et le « nycthémère » ?... Un lexique délicieusement drôle et érudit à parcourir sans modération.

Points n° P1751

Dans les bras de Morphée
Histoire des expressions nées de la mythologie
Isabelle Korda

Connaît-on vraiment l'origine des expressions telles que « gagner le pactole », « tomber dans les bras de Morphée », « s'endormir sur ses lauriers »... ? Racontant les mille et une aventures des dieux et héros grecs et romains, l'auteur nous plonge dans une culture qui a profondément marqué la langue française, au travers d'un récit des origines instructif et distrayant.

Inédit, Points n° P1752

Parlez-vous la langue de bois ?
Petit traité de manipulation à l'usage des innocents
Martine Chosson

La langue de bois se cache partout dans notre belle langue française, et pas seulement dans le discours de nos hommes politiques ! Déguisement inconscient ou volontaire, elle embellit, elle flatte, elle déforme. Des campagnes présidentielles aux offres d'emploi, de Molière aux annonces immobilières, Martine Chosson traque le double langage dans tous ses états et nous livre un véritable traité de manipulation de la langue.

Inédit, Points n° P1753

Arabesques, l'aventure de la langue en occident
Henriette Walter et Bassam Baraké

Saviez-vous qu'il existe des centaines de mots arabes d'origine française, des centaines de mots français venus de l'arabe ? Lointaines par leurs origines, ces deux langues s'enrichissent depuis plus d'un millénaire. Influences culturelles, références historiques et anecdotes ludiques : voici la belle histoire des rencontres de l'Orient et de l'Occident.

Points n° P1802

L'Art de la ponctuation,
Le point, la virgule et autres signes fort utiles
Olivier Houdart et Sylvie Prioul

La ponctuation est un art délicat. On l'utilise parfois sans y réfléchir, un peu comme Monsieur Jourdain faisait de la prose sans le savoir. Sur un ton résolument badin, deux correcteurs professionnels proposent une approche décomplexée de cette indispensable « petite science ».

Points n° P1803

À mots découverts, chroniques au fil de l'actualité
Alain Rey

Pendant des années, Alain Rey a enchanté les matins de France Inter avec sa chronique « Le Mot du jour », érudite et réjouissante. De « mouton » à « utopie » en passant par « gendarme », Alain Rey nous raconte l'étrange aventure des mots de tous les jours, avec cette finesse toujours espiègle qui n'appartient qu'à lui.

Points n° P1804

1 000 mots d'esprit
Les meilleures citations de Confucius à Woody Allen
Claude Gagnière

De A comme « absurde » à Z comme « zoo », voici plus de 1 000 citations inattendues, surprenantes, poétiques, amusantes, célèbres ou inconnues. En quarante années de lectures, de rencontres ou d'amitiés, Claude Gagnière a relevé toutes les phrases qui furent l'occasion de coups de cœur, de révoltes ou de fous rires devant l'absurdité et les mystères du monde.

Points n° P1869

Le Petit Grozda
Les Mots retrouvés du Littré
Denis Grozdanovitch

Denis Grozdanovitch est inclassable. Ancien champion de tennis reconverti en un extraordinaire écrivain, il recueille depuis des années dans ses carnets les mots rares et étonnants du Littré que l'usage et la langue se sont permis d'oublier. «Battant-l'œil», «passe-colère» ou «tartouillade» sont ici ressuscités dans un dictionnaire merveilleux et incongru, à ranger au plus vite aux côtés du Petit Larousse ou du Petit Robert.

Inédit, Points n° P1870

Encore des mots à découvrir
Nouvelles chroniques au fil de l'actualité
Alain Rey

Qui dit Alain Rey dit linguiste espiègle. Amoureux de la langue, il la courtise avec frénésie, la déshabille, sonde ses secrets étymologiques les mieux gardés. Sa chronique «Le Mot du jour» a fait les beaux matins de France Inter. En voici quelques-uns des plus fameux réunis dans ce second recueil savoureux, après À mots découverts.

Points, n° P1920

Le Mot qui fait mouche
Dictionnaire amusant et instructif
des phrases les plus célèbres de l'histoire
Gilles Henry

Le sens de la formule n'était-il pas la force de Napoléon : «Impossible n'est pas français.»? Se souviendrait-on de la bataille de Fontenoy sans le fameux : «Messieurs les Anglais, tirez les premiers!»? De l'histoire de France à l'histoire de la langue, il n'y a qu'un mot! Ce petit dictionnaire décrypte des centaines d'épisodes qu'un mot bien senti a immortalisés.

Points, n° P1921